T5-AFR-508

BATMAN®
contre
MONSIEUR FREEZE MD

Adaptation française: Frédérique Tugault

Illustrations: Brandon Kruse, Aluir Amâncio et Glen Murakami

© **1997 Éditions Phidal pour le texte français**
5740 Ferrier, Montréal, H4P 1M7

Copyright © 1997 DC Comics

Batman est un personnage créé par Bob Kane

Imprimé en Italie

ISBN 2-89393-679-2

Monsieur Freeze était un brillant scientifique et un inventeur. Un jour, lui et sa femme Nora furent victimes de l'explosion d'un laboratoire. L'organisme du savant avait subi de telles transformations, qu'il ne pouvait à présent survivre qu'en portant une combinaison spéciale pour contrôler la température de son corps. Quant à Nora, on ne la retrouva jamais.

Monsieur Freeze pleura beaucoup la disparition de sa chère épouse. Mais son chagrin se tourna vite en colère et, se servant d'un pistolet à glace de son invention, il se mit à faire des mauvais coups.

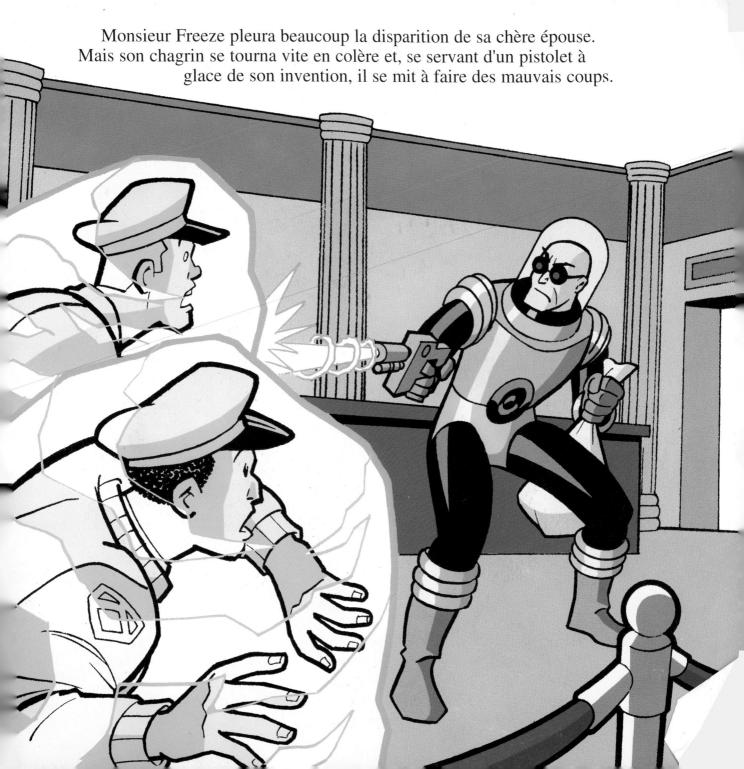

Informés des hold-up de Monsieur Freeze, Batman et Robin l'arrêtèrent rapidement et le firent jeter en prison, où il demeura... jusqu'à ce qu'un gigantesque robot vienne le kidnapper!

Plus tard, dans la Batcave, Batman et Robin visionnaient le film vidéo de l'enlèvement, que la police leur avait fourni. "On dirait un robot d'Océana, la cité flottante bâtie par Grant Walker", dit Robin.

"Prépare le Batscafo", décida Batman. "Nous partons pour Océana."

Pendant ce temps, le robot avait amené Monsieur Freeze à Walker.
"Je vous ai fait conduire ici pour perfectionner mon canon à glace géant",
annonça Walker.
  "Vos expériences ne m'intéressent pas", répliqua Monsieur Freeze.

"Oh, mais elles *vont* vous intéresser", dit Walker en ouvrant un rideau derrière lequel apparut une silhouette presque irréelle.

 "Nora!" parvint à s'écrier Monsieur Freeze, saisi de stupeur.

Walker expliqua: "Je l'ai retrouvée après l'explosion, et j'ai la technologie nécessaire pour lui redonner la vie - mais à la seule condition que vous acceptiez de collaborer avec moi!"

"Nora", murmura cette fois Monsieur Freeze.

"Je ferais *n'importe quoi* pour elle..."

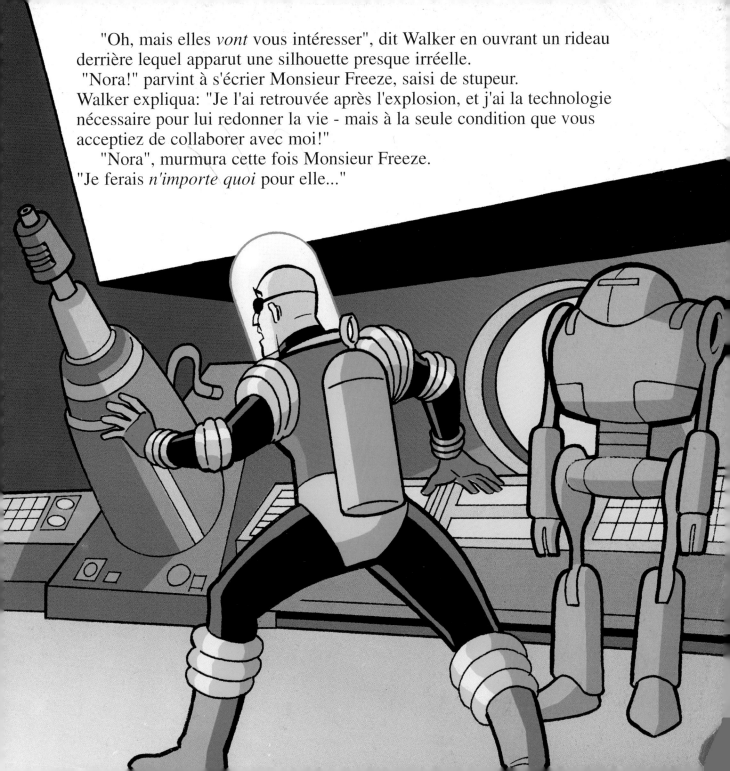

À ce moment précis, un signal d'alarme se fit entendre.
"Nos vieux ennemis Batman et Robin viennent d'arriver",
dit Walker à Monsieur Freeze. "Mes requins robots vont
s'occuper d'eux pendant que vous travaillerez sur mon canon
à glace."

"Attention!" hurla Robin en voyant les requins approcher.

"Saute, Robin!" cria Batman. S'aidant de leurs boomerangs et de leurs cordes, ils réussirent à échapper de justesse au danger. Tandis que les requins robots anéantissaient le Batscafo, nos deux héros découvraient un passage secret pour pénétrer dans Océana.

Une fois dans la cité, Batman et Robin trouvèrent la direction du bureau central.

"Qu'est-ce que c'est?" s'exclama Robin, devant une maquette d'Océana montée sous une cloche de glace. "Walker prévoit-il de construire une ville au Pôle Nord?"

"Pas exactement", répondit Walker, qui venait de les surprendre. "C'est un modèle réduit de mon nouveau monde. Grâce au génie de Monsieur Freeze, mon canon à glace est prêt à fonctionner. Je vais pouvoir congeler à ma guise tout ce qui est extérieur à Océana, et vivre ici avec mes robots et amis."

Sur l'ordre de Walker, Monsieur Freeze actionna son pistolet à glace contre Batman et Robin, qui furent immédiatement emprisonnés!

"J'ai fait tout ce que vous vouliez", dit Monsieur Freeze à Walker. "Maintenant, faites revivre Nora!"

"*Pas avant* d'avoir essayé mon canon!" gronda Walker en s'élançant hors de la pièce.

"Vous *devez* nous libérer", dit alors Batman à Monsieur Freeze. "Croyez-vous que Nora voudrait vivre dans cet univers congelé créé avec votre aide?" Réalisant que Batman avait raison, Monsieur Freeze rassembla ses exceptionnelles forces et pulvérisa le bloc de glace.

Batman et Robin foncèrent vers la salle de contrôle pour stopper Walker. L'instant d'après, Monsieur Freeze se précipitait pour changer la programmation du canon à glace, et une sirène retentit.

"Vous êtes fou!" aboya Walker. "Vous avez activé le système d'autodestruction. Nous allons être emportés par les eaux!"

Des éclairs jaillissaient du canon. Le plancher se bomba, puis commença à éclater. Poussant un cri atroce, Walker fut englouti avec son infernale machine dans la crevasse béante.

"Sortons tous d'ici!" s'écria Batman.

"Non", fit Monsieur Freeze rageusement. "Je ne partirai pas sans Nora."

Robin tenta d'empoigner le malheureux, mais celui-ci le neutralisa avec son pistolet à glace. Puis, soudain, le plancher s'effondra tout entier et Monsieur Freeze disparut à son tour.

Batman transporta son ami tout congelé jusqu'à un bateau amarré au port. Alors qu'ils filaient vers le large, Océana achevait de sombrer.

De retour dans la Batcave, Robin dégelait doucement...
"Nous avons déjoué les plans maléfiques de Walker", dit-il satisfait.
    "Oui, mais qu'en est-il de Monsieur Freeze?"
demanda Alfred le majordome.
    "Il faut s'attendre à d'autres méfaits tant que sa
femme et lui ne seront pas réunis", répondit Batman.
    "Je suis sûr que nous entendrons encore parler de lui!"